eloved Hina

晴れた朝、お父さんは海の上の神社の絵はがきを取りだして
一緒にここへ行こうと言いました。

2

わたしは荷物の準備を始めました。
髪を結んで
帽子とリュックと水筒を持って、
靴をはいて、ジャケットを着ました。

お父さんと手を繋いで駅まで向かいました。
わたしは買った切符を持って、楽しく歌を歌いました。

白銀

6

電車の中は、暖かい日差しに包まれていました。
おひさまがみんなのほっぺたを赤く照らしました。
窓の外の景色を見ていると町や森、海が見えてきました。

電車を降りてから、私たちは海岸沿いを歩きました。
岸には船がたくさん泊まっていて、
かもめ 楽しそうに 飛んでいました。

やっと神社の入り口に着いて、私は大きな神社を見上げました。
蕪島に静かに佇むその神社は
漁師たちをちゃんと見守っているみたいでした。

お父さんが神社の絵はがきを取って
町の人にこれと同じように撮ってほしいとお願いしました。

<ruby>海岸<rt>かいがん</rt></ruby>に<ruby>行<rt>い</rt></ruby>くためにバス<ruby>停<rt>てい</rt></ruby>に<ruby>向<rt>む</rt></ruby>かって、<ruby>神社<rt>じんじゃ</rt></ruby>の<ruby>側<rt>がわ</rt></ruby>の<ruby>歩道<rt>ほどう</rt></ruby>に<ruby>沿<rt>そ</rt></ruby>って<ruby>歩<rt>ある</rt></ruby>きました。
<ruby>途中<rt>とちゅう</rt></ruby>で<ruby>赤<rt>あか</rt></ruby>や<ruby>黄色<rt>きいろ</rt></ruby>や<ruby>青<rt>あお</rt></ruby>、<ruby>白<rt>しろ</rt></ruby>の<ruby>色<rt>いろ</rt></ruby>とりどりの<ruby>綺麗<rt>きれい</rt></ruby>な<ruby>花<rt>はな</rt></ruby>が<ruby>咲<rt>さ</rt></ruby>いていました。
そしてたくさんの<ruby>大<rt>おお</rt></ruby>きくてきれいなちょうちょもいました。

お父さんとバスに乗って
みんなバスが出発するのを楽しみにしていました。
私はお父さんの隣でヒューヒューと風に吹かれながら
道でだらだらと日向ぼっこをしている犬を見ていました。

バスが小道をぬけ大きな道に出ると
空と海の美しい青の景色とふわふわな白い雲と波が目に映りました。
私は深く息を吸って、海のしょっぱい香りを味わいました。

海の方に行って砂浜に足跡をつけたり
砂に私とお父さんの名前を書いたりして遊びました。

私は砂浜にある真っ白なキラキラした貝がらを見つけました。

私は砂浜で楽しく踊りました。

夕日が空をオレンジや紫、赤色に染めました。

私は 静かに お父さんのそばに座り夕焼け を見ました。
暖かい夕日、涼しい風、幸せだなと感じました。
私はお父さんに「今度またここに連れてきてね」と言いました。
お父さんは笑いながら「いいよ」と言いました。

単語復習

神社 (じんじゃ)	神社	森 (もり)	森林
絵はがき (え)	明信片	海 (うみ)	海
荷物 (にもつ)	行李	海岸 (かいがん)	海岸, 海邊
帽子 (ぼうし)	帽子	かもめ	海鷗
リュック	背包	飛ぶ (と)	飛
水筒 (すいとう)	水壺	大きい (おお)	大的
靴 (くつ)	鞋子	静かに (しず)	安靜地
ジャケット	外套	見守る (みまも)	看守, 守護
駅 (えき)	車站	撮る (と)	拍(照)
切符 (きっぷ)	票, 車票	赤 (あか)	紅色
暖かい (あたた)	溫暖的	黄色 (きいろ)	黃色
日差し (ひざ)	陽光	青 (あお)	藍色

町 (まち)	城市	名前 (なまえ)	名字
白 (しろ)	白色	真っ白 (ましろ)	全白
花 (はな)	花	キラキラ	閃閃發亮
ちょうちょ	蝴蝶	貝がら (かい)	貝殻
風 (かぜ)	風	楽しい (たの)	開心的
日向 (ひなた)	陽光	踊る (おど)	跳舞
小道 (こみち)	小路, 小徑	夕日 (ゆうひ)	夕陽
道 (みち)	道路	オレンジ	橘色
白い雲 (しろ) (くも)	白雲	紫 (むらさき)	紫色
波 (なみ)	海浪	夕焼け (ゆうや)	晩霞
砂浜 (すなはま)	沙灘	幸せ (しあわ)	幸福
足跡 (あしあと)	足跡		

書名：11歲

文/林德誠、游曉亭　圖/徐榮鍾
應用程式開發：林德誠、蔡怡臻、黃靖益
日 語 錄 音：游曉亭
日 語 指 導：金城茉彌
發 行 人：林東衛
出　　　版：知宇圖書有限公司
地　　　址：新竹縣竹北市福興東路一段309號一樓
電　　　話：03-668-1936
出 版 年 月：中華民國110年11月
版　　　次：初版一刷
定　　　價：新台幣380元
I S B N：978-626-95058-0-7